U0078657

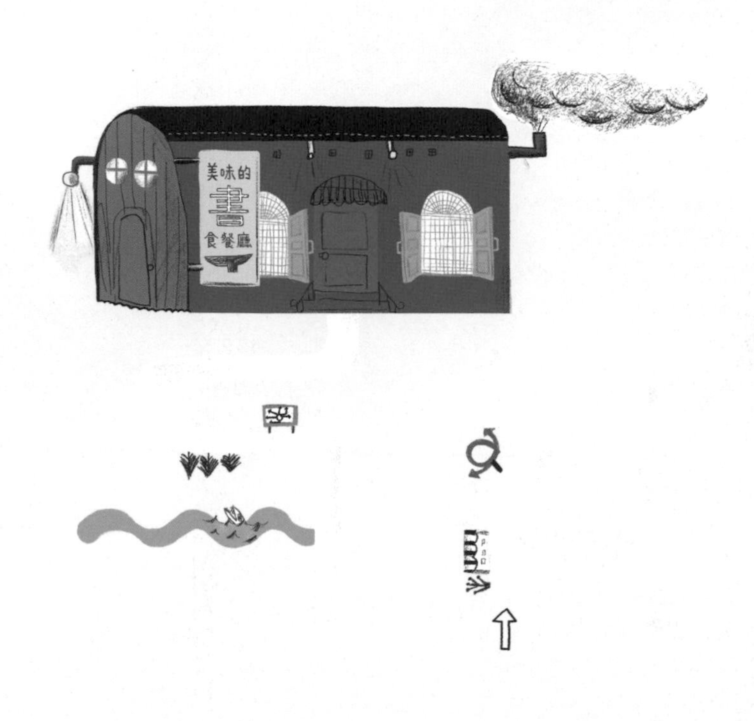
美味的
書
食餐廳

不讀書一家與書食餐廳

金遊／文
俞庚和／圖
賴毓棻／譯

三民書局

目錄
平凡的滋味 7
啼笑皆非的滋味 18
蒙混的滋味 24
暈頭轉向的滋味 30
無厘頭的滋味 35
全新的滋味 42
特別的滋味 49
奇怪的滋味 56

01

平凡的滋味

不讀書一家共有四個成員，
分別是不讀書先生、
散漫的太太、
超可愛的女兒和一隻老狗。

不讀書先生的女兒**不看書**在春天出生，她的臉頰像杜鵑花一樣紅通通的，眼睛、鼻子和嘴巴則像連翹花般小巧可愛。除了偶爾會因為鬧脾氣而變成一隻怪獸，其他時間她都是一個討人喜歡又可愛的小孩。對了，她今年九歲。

不讀書先生的太太**散漫女士**腰間有三層肉，最喜歡穿著花花綠綠的衣服。吃東西時總是呼嚕呼嚕的狼吞虎嚥，因為她習慣不管吃什麼都不好好咀嚼，直接一口吞下。

啊！我們還沒介紹**不讀書先生**是個什麼樣的人吧？他是一個總是繫著領帶的上班族。每天早上他都會穿著閃閃發亮的皮鞋，帶著四四方方的公事包出門。還有，每五分鐘就會推一下掛在鼻梁上的金框眼鏡。

這隻狗已經十歲了，不過狗的年紀和人類的算法不同。人類增加一歲時，狗會增加約六歲。不讀書先生今年四十出頭，所以這隻狗可說是他的長輩呢。有著一身黃毛、體型龐大的這隻狗名叫**汪汪**。每當這家人想對老狗表現出禮貌時，就會稱牠為「汪汪先生」。

不讀書一家是住在一個平凡社區裡，一棟平凡房子內的平凡一家人。爸爸每天早出晚歸，媽媽喜歡外食勝過自己動手做菜，小孩到了很晚都還不肯上床睡覺，狗在心情好的時候就會搖搖尾巴，是個不論到哪都很常見的家庭。若要說這個家庭有什麼稍微特別的地方，就是他們在一年內看不到一本書。

雖然如此，這並不代表不讀書一家不喜歡書喔。他們家客廳的牆面可是擺著三個大大的書櫃，裡面放著滿滿的書。每當有客人前來拜訪，就會發出「哇，真的有好多書喔！」的驚嘆。看到散落在各處的書，也難怪他們會這麼說。

不讀書先生的身邊總是會有書本存在。當然，他是絕對不會看的，因為每當他一看書，就會開始打呵欠，睡意也陣陣襲來。但當他真的真的睡不著，或覺得無聊時，便會故意把書翻開，這樣在翻到下一頁之前，他的眼皮就會變得越來越重，開始感到想睡覺。書就是不讀書先生最好的安眠藥。就連剪腳指甲時，他都會拿一本書到身邊。因為只要把書墊在下面，就能將剪下的腳指甲收集在一起。運動時也需要書，他會用雙手各拿起一本厚重的書，不停重複著將手臂伸直再彎曲的動作。

「馬上就流汗了呢！」

他也會踩著書，上上下下的做些鍛鍊腿部肌力的運動。

散漫女士的身邊也總是能見到書的蹤影。當她要將熱騰騰的拉麵鍋端上餐桌，就會拿它來當隔熱墊使用。

金氏世界紀錄

beauty

而那些大大的繪本最適合拿來當作托盤了。當她想要拿取水槽最上方的碗盤時，也會先將書本疊起，再踩上去拿。

然而，散漫女士也一樣不看書，這是因為她正如「散漫女士」這個名字般非常散漫的緣故。當她剛讀完第一行，屁股就會發癢坐不住，身體也跟著不由自主的扭來扭去。她會跑去開冰箱門看一看，接著再開一下電視，然後再翻翻其他的書。也因為如此，任何一本書她都不曾看超過兩行。

而不讀書先生與散漫女士生下的女兒 —— 不看書，更是個喜歡和書本一起玩樂的孩子。她會將小時候收到的書一層一層疊起來做成娃娃屋，也會將書中的色紙剪下來摺紙，還會在書頁的角落上塗鴉或是作畫。書一直都是孩子最好的朋友和玩具，只是她從不看裡面的內容而已。該不會正是因為如此，她的名字才會叫做「不看書」吧？

而書對這個家中最年長的長輩，同時也是寵物狗的汪汪先生來說也非常重要，因為那正是牠用來吃飯的碗。這個家裡的書實在太多了，拿個一本當作飼料碗也不成問題。

汪汪先生當然只顧著吃飯，才不會看什麼書呢。牠的年紀已經大到老眼昏花，根本就看不見芝麻般細小的文字。

哇哇哇哇
喔喔喔喔喔

不過有次鄰居們來到不讀書先生家拜訪時看到的情景，可是引起了一陣小小騷動。

那時的汪汪先生剛吃完飼料，正舔著書本。

「狗竟然也會看書！」

不知是誰大喊了一聲之後，所有人全都圍上來吃驚的盯著汪汪先生看。

「這都可以上電視了吧！」

但從鄰居們緊追著汪汪先生不放，反覆測試了好幾次的結果得知，牠果然不是在看書。

02
啼笑皆非的滋味

一大早，不讀書先生正細心的準備出門上班。他穿上了領子硬挺的襯衫，繫上條紋領帶，接著又戴上金框眼鏡，照著鏡子整理一下頭髮。為了避免有任何一根髮絲散落，他還在頭髮上抹了髮膠。

散漫女士則是用昨天晚餐吃剩的飯菜做成拌飯。這時，她的手機突然發出「叮叮」的聲音，原來是網路上的媽媽社團裡有人分享新文章的通知。接著她的手機開始鈴鈴作響，散漫女士才剛瀏覽媽媽社團的文章到一半，急忙接起電話。這時不看書正好在廁所裡大喊著媽媽。

「媽媽，沒有衛生紙了啦！」

對散漫女士來說，這真是個恨不得能多幾個分身來幫忙的忙碌早晨呢。

最後不讀書先生只好獨自吃著拌飯。他仔細的咀嚼蔬菜，根本就沒注意到自己的白襯衫黏上了飯粒。吃完早餐後，他拎起四四方方的公事包準備出門。

「你今天也很帥喔！」

散漫女士講電話講到一半，突然大喊了一聲。

「謝謝妳。今天我有重要的會議，應該會晚點回來。」

不讀書先生緊緊繫上鞋帶後便離開家門。

捷運車廂被通勤的上班族擠得水洩不通。不讀書先生好不容易在要下車的門邊找到了一個空位，接著從四四方方的包包裡拿出一本四四方方的書。那是一本看起來又厚又難的書。

有好幾個人偷偷盯著他看。

「連在這種地方都還在看書，看來是真的很愛書吧！」

那些人會這麼想也不意外，畢竟在整個捷運車廂裡手捧著書的，也只有不讀書先生了。其他乘客當中，有一半的人正在閉目養神，另一半則是緊盯著智慧型手機不放。

他們都很好奇不讀書先生看的是什麼書，不過因為封面上寫著法文，就連不讀書先生自己也不知道真正的書名。

不讀書先生雖然瞪大了眼睛，但他其實沒有在看書。不，應該要說因為他不懂法文，所以無法看書才對。

他喜歡在搭捷運的這三十分鐘內吸引其他人注意。所以書對他來說，就像他的金框眼鏡一樣重要。

就算在公司裡，不讀書先生也總是書不離身。他的桌上一定會擺著書，連開會時也隨身帶著書。公司的前輩們看到他這個樣子，說道：「不讀書先生真是個學識淵博的人啊！」同事們則是竊竊私語的談論：「不讀書可是個難對付的傢伙呢！」後輩則是這麼稱讚他：「不讀書前輩真是個值得學習的對象！」

某天他甚至還在接電話時拿起書而不是聽筒。公司的人看到他這個舉動，哈哈大笑的說：「這個人到底是有多愛書呀！」

Le

03

蒙混的滋味

若說不讀書先生總是忙於工作，那散漫女士就是一直忙於家務。她每天都要打掃、做菜和洗衣服，卻幾乎不曾將這些事情做完。今天她也是擦桌子擦到一半就突然打給朋友，聊了好長一段時間，完全忘了自己正在做家事。

「好啊，等等見面繼續聊。」

散漫女士講電話講到耳朵都出汗了。掛掉電話後，她跑到廚房。

「出門前先洗個碗吧。」

散漫女士開始刷起黏著飯粒的碗，但這時洗碗精不小心噴到臉上，所以她脫下橡膠手套，用袖子擦了擦臉，這才注意到手上的手錶。

「已經十一點了？再下去就要遲到了。」

她放著洗到一半的碗不管，跑進房間化妝，接著換上花花綠綠的衣服，急急忙忙的衝出家門。

等她到達碰面地點，發現朋友已經在那裡等著了。

「哎呀，妳的包包真特別耶？」朋友盯著散漫女士的包包仔細看了看。原來她夾在腋下帶出門的是一本書，而不是包包。那是一本封面設計成皮包造型的書。她不小心把那本書誤認為包包，就這麼帶出門了。

朋友想要摸摸看那個包包（不，是書），但散漫女士卻把包包（不，是書）悄悄藏到了身後。

「這是一個裝得下很多東西的包包。」

直到最後一刻，散漫女士都一直假裝那本書就是包包。如果她說出帶錯包包（不，是書）的原因，朋友們一定會說「都怪妳太散漫了才會這樣」。比起被說「不讀書」，散漫女士更討厭聽到別人說她「散漫」，所以在和朋友道別之前，她絕對不會打開她的包包（不，是書）。

回家途中，散漫女士決定繞到超市逛逛。她挑了一些罐頭、魚板和冷凍水餃後就去排隊準備結帳。但由於她將包包帶成書了，身上並沒有錢包。最後只好賒帳，才得以將這些東西提回家。

她將買回來的食品隨便塞進冰箱，接著到陽臺按下洗衣機的開關，之後再跑回超市付清剛才欠下的帳款。這時她正好看到一些餅乾、熱狗和果汁，所以又逛了一次超市。

現在冰箱裡已經放不下更多東西了，裡面塞滿了像是乾掉的披薩、過期的牛奶這類吃剩一半的食物。散漫女士最後只好開始清理起冰箱。

在開始準備晚餐前就累壞的散漫女士，好不容易擠出一點力氣叫炸醬麵外送，當然也早就忘記自己洗了衣服。

可惜的是，洗衣機裡的衣服到晚上被發現時，已經全都成了皺巴巴的樣子。在那些衣服之中，還夾著一個破破爛爛的包包（不，是書）。

04
暈頭轉向的滋味

不讀書先生和散漫女士那討人喜歡又可愛的女兒——不看書，個性分別承襲了爸爸一半的仔細和媽媽一半的散漫。她上學從來沒有遲到過，但上課時間也從不曾乖乖坐在自己的位子上。她不是忙著丟垃圾，就是忙著去上廁所或照鏡子。

某天，老師出了一份要寫閱讀心得報告的作業。

「請各位同學看完《美味的書食

餐廳》後，寫下你們的心得感想。」

不看書仔細的那一半個性，讓她將老師的一字一句完整的記錄在聯絡簿上，也去學校圖書館借好書了。

回到家後，她告訴媽媽：

「媽媽，老師要我們看書之後寫下自己的心得感想。」

「這樣啊，那我等等來幫妳吧。」

散漫女士正在看大門上貼的廣告傳單。

「小書，這附近好像新開了一間中華料理店。」

散漫女士忙著看那些油亮美味的料理照片，將女兒的功課忘得一乾二淨。不看書只好等爸爸回家幫她。她每過一分鐘就看一次時鐘，最後還是決定不等爸媽幫忙，改成尋求電腦協助。

她在網站上的搜尋欄輸入「美味的書食餐廳」，出現了一大堆讀後心得。不看書將好幾篇心得拼湊起來，最後完成了一篇看似有模有樣的讀書心得報告。這時她的汪汪大眼感到有些疲倦想睡，於是已經寫完作業的她便安心的前往夢鄉。

隔天老師檢查了所有人的作業，並點同學起來報告。

「小書，妳來唸一下感想吧。」

正在書桌底下轉著筆的不看書猛的站了起來。雖然她算是一個認得很多國字的小孩，但這篇心得報告卻只能唸得七零八落，因為裡面實在有太多她看不懂的單字了。

現實、幻想、伏筆、諷刺、隱喻、明喻、描寫、矛盾、心理……，

現實
描寫
伏筆
諷刺
隱喻
心理
明喻
矛盾
幻想

這些是出現在不看書心得報告上的艱難用語。不管是正在唸的人，還是正在聽的人，全都被搞得暈頭轉向。老師要她別再唸下去了，不看書垂下頭。

「不看書，妳真的有看過這本書嗎？」老師問她。

「沒有，我沒看過。」

不看書老實回答。

老師原諒了不看書，因為她雖然做錯事，卻沒有說謊隱瞞。

05

無厘頭的滋味

如果換算成人類的年紀，那汪汪先生差不多是六十幾歲。牠在小時候就被不讀書先生家領養，因為他們需要一隻可以看門的狗。

某天，散漫女士轉開瓦斯爐，想將喝剩的湯加熱，接著和朋友講了好一陣子的電話。那時不讀書先生正在打掃久未整理的書櫃，還是小寶寶的不看書則是睡得又香又甜。

過不久，當時還只是小狗的汪汪先生開始亂吠。

「汪汪！汪汪！汪汪！」

不讀書一家這才發現廚房裡濃煙密布，放在瓦斯爐上的鍋子也早已燒成焦黑。若不是汪汪先生，說不定整個家就會這麼燒掉了。

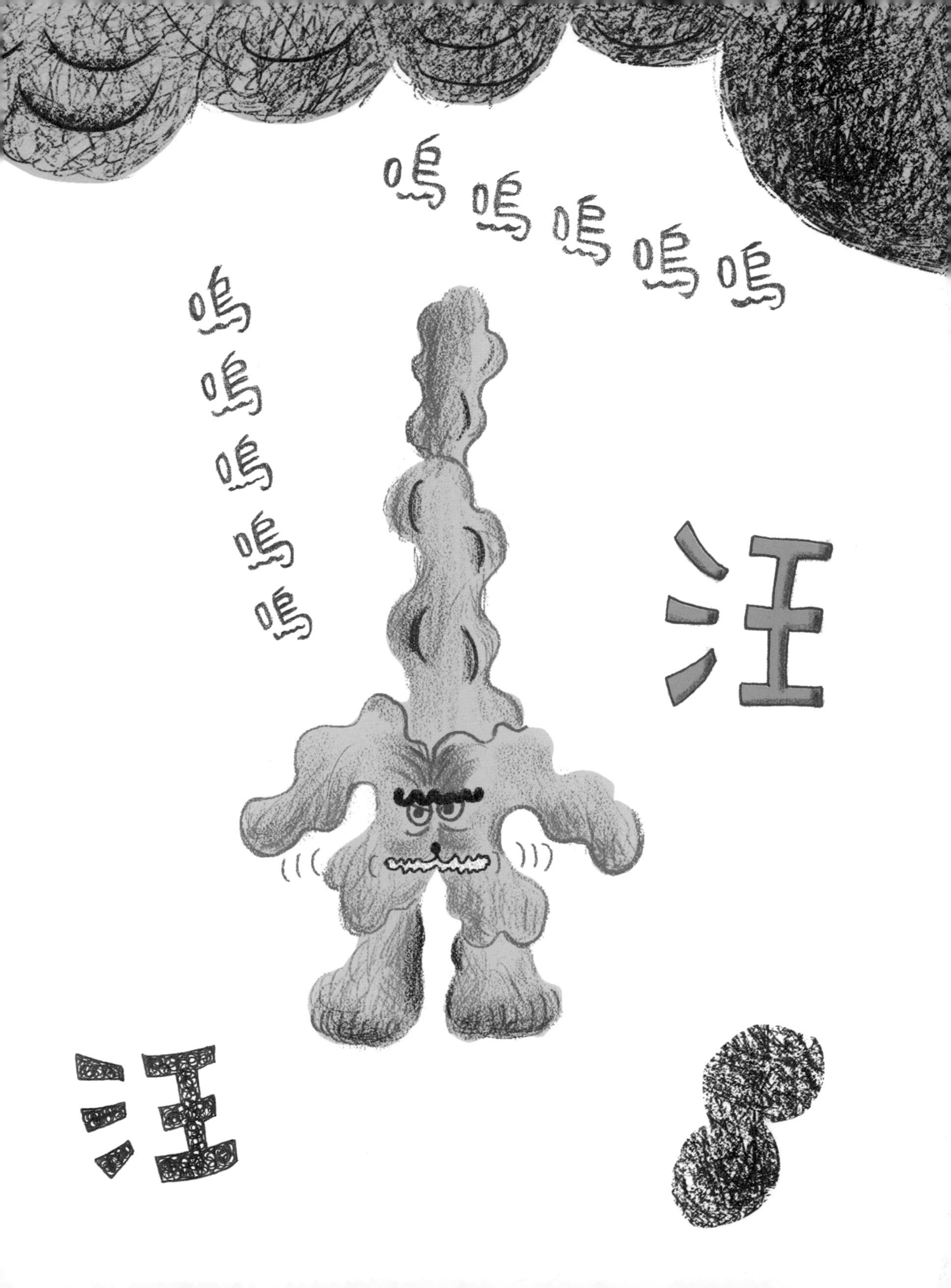
嗚嗚嗚嗚嗚
嗚嗚嗚嗚嗚
汪
汪

從那時候起，不讀書一家開始將牠視為家中的一份子；不僅僅是家中養的寵物狗，而是真正的家人。

最近牠的視力忽然變得模糊不清，有一次甚至還把鈕扣當作飼料，差一點吞了下去。

「汪汪先生，我們去看醫生吧！」

不讀書先生替汪汪先生繫上牽繩後步出家門。汪汪先生只能乖乖的跟著不讀書先生帶領的方向走，沒辦法東看看西看看。不管怎樣，他們總算抵達了動物醫院。

獸醫翻開牠的眼皮看了看，接著檢查牠的口腔，又用聽診器聽了一下。「牠是因為老了才會這樣，沒有其他的問題。」

不讀書先生聽到獸醫說的話，總算放下心來，並且想到去年替父親配老花眼鏡的事。

所以不讀書先生又帶著汪汪先生來到附近的眼鏡行。

「我要配一副老花眼鏡。」

不讀書先生才剛說完，驗光師就笑了出來。

「您這麼年輕就要戴老花眼鏡啦？」

「不，這是要給汪汪先生戴的。」

「啊，原來是要送人的禮物，那您怎麼沒有帶他過來？」

「我有帶牠過來呀。」

不讀書先生指了指汪汪先生，驗光師看到這條大狗後嚇了一跳。

「我們家汪汪先生的眼睛看不太清楚。」

驗光師拿出一副適合汪汪先生戴的老花眼鏡給不讀書先生。這位驗光

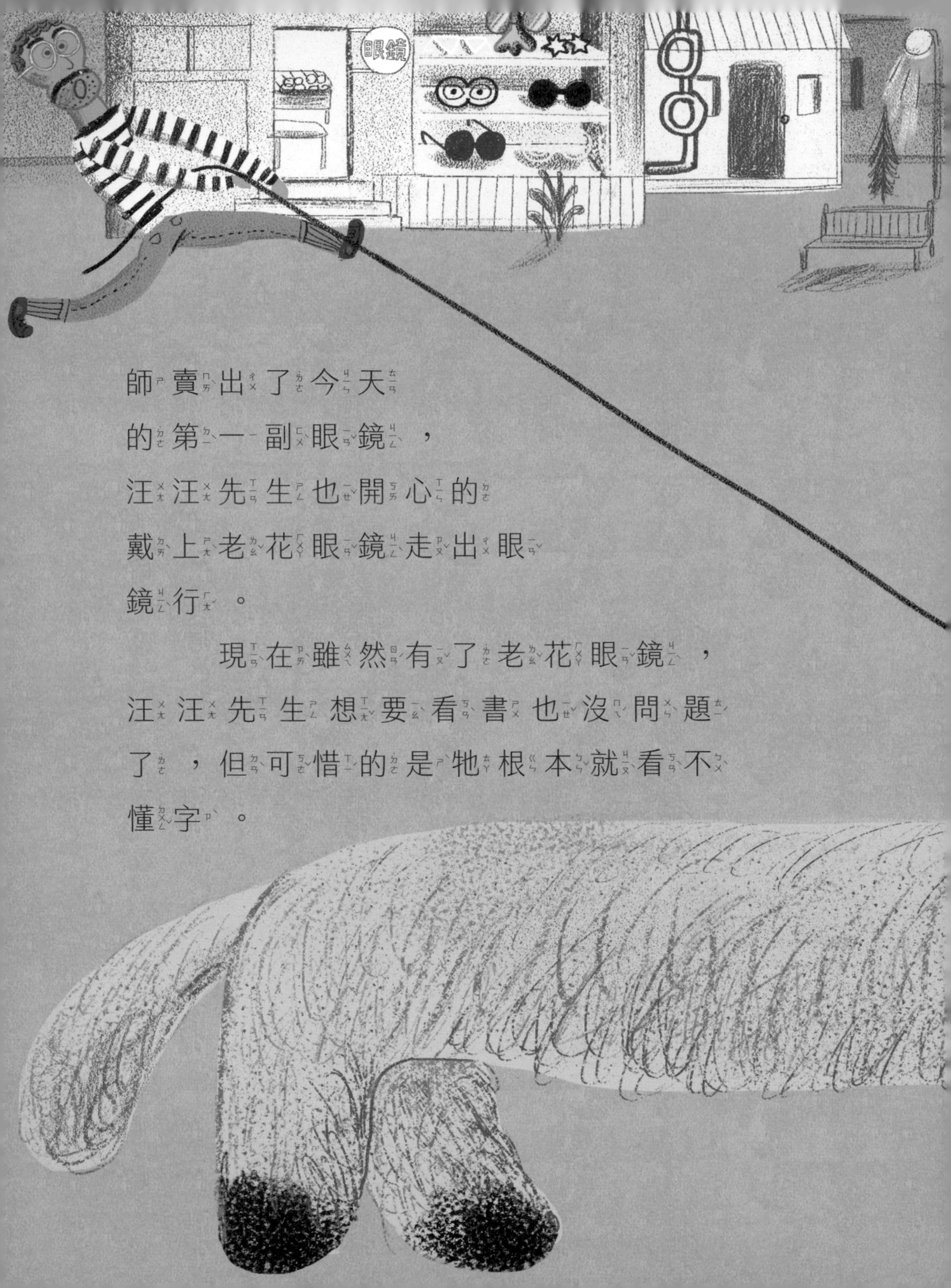

師賣出了今天的第一副眼鏡，汪汪先生也開心的戴上老花眼鏡走出眼鏡行。

現在雖然有了老花眼鏡，汪汪先生想要看書也沒問題了，但可惜的是牠根本就看不懂字。

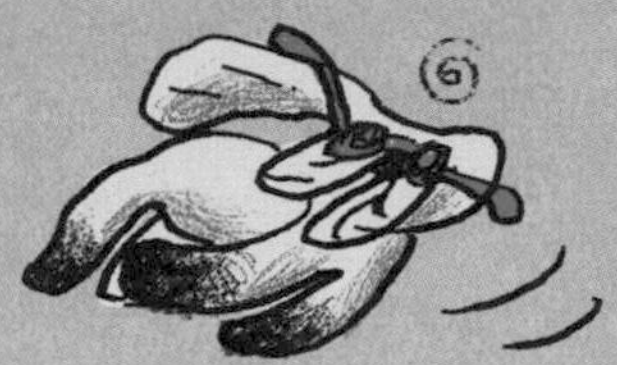

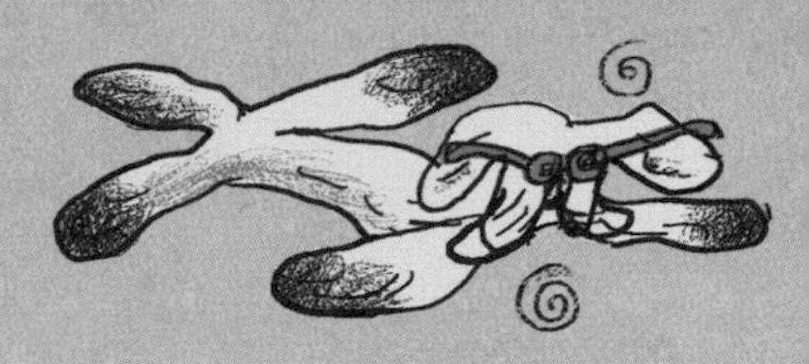

不看書將注音符號表貼在客廳，想要教牠學會ㄅㄆㄇ，但汪汪先生只是重複著同一句話：「汪汪。」

突然要汪汪先生用功讀書，讓牠感到眼前一陣暈眩，頭也痛了起來。最後牠甩掉老花眼鏡，四腳朝天的躺在地上。

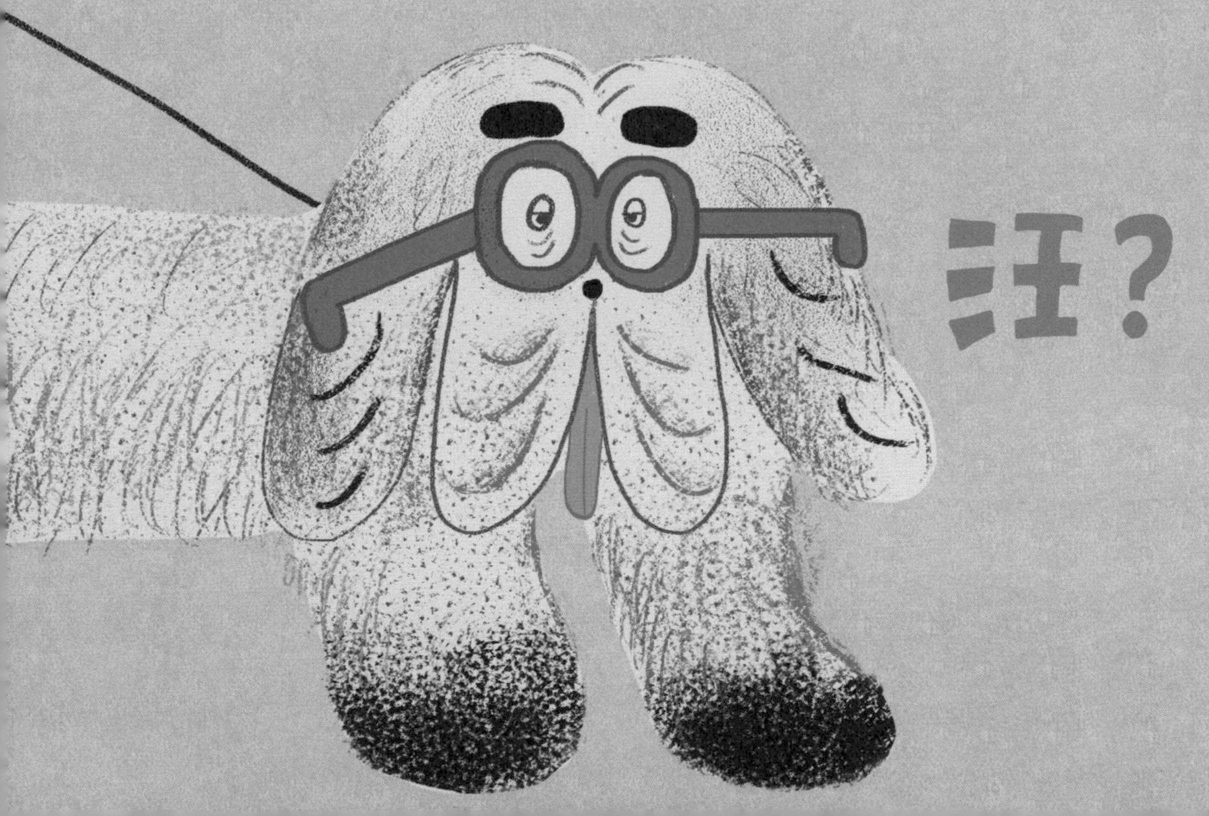

06

全新的滋味

不讀書先生坐在電腦前準備訂書，因為他需要一些看起來很難又很厚的書。最近只要在網路上就能輕鬆的買到書，這對每天都很忙碌的不讀書一家來說真是太方便了。反正他們又不是要買來看，所以也不必親自到書店仔細挑選。

「老婆，妳有什麼想買的書嗎？」不讀書先生問散漫女士。

「嗯，只要是封面色彩鮮豔的書都好。我有時候會不小心把書當作包包帶出門。」散漫女士來到不讀書先生的身邊說。

「我幫妳找找看。小書呢？」

不讀書先生又問了女兒不看書。

「沒有。」

她想都沒想就回答了，接著卻又突然大叫一聲。

「有！《美味的書食餐廳》！之前老師出了一份作業，要我們寫讀書心得。」

「那這本書就非買不可了。」

不讀書先生說。

「我之前是去學校圖書館借的，不過我們班的同學每個人都有一本，所以我也想買。」

「好啊，這樣比較好。」

不讀書先生點了點頭，接著看向汪汪先生。牠今天可能是學注音學累了，所以早已呼呼大睡。

他只好略過汪汪先生直接訂書，一共訂了「看起來很難又很厚的書」、「封面色彩鮮豔的書」和「不看書的同學都各有一本的書」這三本。

第二天，他們訂的書送到了。

「真快呢。」

散漫女士翹著屁股打開箱子，「看起來很難又很厚的書」正如預期般的，看起來真的很難又很厚重。不讀書先生露出了滿意的神情。

散漫女士將「色彩鮮豔的書」夾在腋下，站到鏡子面前。

「顏色看起來比電腦螢幕上顯示的還美呢。」

這個包包，不，是書，看起來和散漫女士花花綠綠的衣服還挺搭的。

這時，有張夾在書中的硬紙片掉到地上。

「哎呀，這是什麼？」

原來是一張要用銅板刮開，才能確認有沒有中獎的刮刮樂彩券，上面寫著刮中頭獎就能得到一臺電冰箱。散漫女士吞了吞口水，拿出一個銅板，接著她邊跺腳邊說：「啊，我太緊張了所以不敢刮，你來刮好了。」

接下來換細心的不讀書先生拿起銅板。他向銅板吹了口氣，集中精神，接著輕輕的閉上雙眼，開始刮開彩券上的銀箔。

他一邊壓著銅板，一邊慢慢的、非常緩慢的刮開。

散漫女士、不看書和汪汪先生也

跟著屏住呼吸。

「哇！」

不看書大叫一聲，散漫女士被叫聲嚇了一跳。在剝落的銀箔間可清楚看見一些文字。

「是銘謝惠顧！」

不看書叫道。

「果然是這樣。」

不讀書先生自言自語的說著。

散漫女士嘖了幾聲，便把彩券丟掉，接著對不看書說：「不看書，妳趕快上床睡覺。」她將怒氣發洩在無辜的女兒身上。

不看書還來不及翻開她那本《美味的書食餐廳》，就得回到自己的房間去。接著汪汪先生將鼻子湊到她的書上聞了聞，就叼到自己的位子上，因為牠也需要一個新的飼料碗。

厚重的
厚重的
困難的
無聊的
銘謝惠顧
美味的書食餐廳

07

特別的滋味

「媽媽，妳看這個！」

不看書叫了散漫女士一聲，於是她一手拿著鏡子、一手拿著勺子出現。

「那是什麼？」

不看書將書推向她。

「汪汪先生的碗上有這張圖。」

那是說明如何前往「美味的書食餐廳」的簡易地圖。

若要說起這件事情是怎麼發生的，就是昨天汪汪先生把《美味的書食餐廳》這本童書當成牠的新飼料碗，而散漫女士就像往常一樣將飼料放到了飼料碗（不，是書）上；但因為她實在太忙了，根本就沒空好好瞧一眼飼料碗（不，是書），所以也不知道上面畫著地圖。因此稍早，當汪汪先生吃光所有飼

料，將牠的碗（不，是書）舔乾淨時，不看書才發現封底上畫著這張地圖，在封底的一角上還寫著這句話：

攜帶本書來店即

免費招待書食沙拉一份

「小書，我們下次去這裡吃飯吧。」

不看書聽到散漫女士說的話，將飼料碗（不，是書）收到放廣告傳單的抽屜裡。

幾天後，不讀書先生得到一天休假作為努力工作的獎勵，而這天不看書也正好因為校慶放假不用上學。

「我們今天一起出門去，過個特別的一天吧。」散漫女士對全家人說。

「可是我想再多睡一下耶。」

不讀書先生拿起那本新買的「看起來很難又很厚的書」。

「我要去找朋友玩。」

不看書拿起電話。

這時汪汪先生搖著尾巴說：

「汪汪。」

看來今天想和散漫女士一起度過

特別一天的家人只有汪汪先生。

但其實過不了多久，其他家人也跟著散漫女士一起出門了。因為不讀書先生雖然打開了那本「看起來很難又很厚的書」，卻絲毫沒有睡意。不看書的朋友則是通通去了圖書館，所以沒人可以陪她玩。

「不過該去哪裡好呢？」

散漫女士問大家。

不讀書一家只是呆呆的看著彼此的臉。這時不看書從抽屜中拿出一疊廣告單，「那我們從這裡面挑吧。」

「大口啃烤排骨」、「亂亂炒中華料理」、「隨意炸豬排店」、「隨便撈生魚片」……有本書夾在這些傳單裡面。

「美味的書食餐廳？」

不讀書先生推了推他的金框眼鏡，仔細看著《美味的書食餐廳》這本書。汪汪先生這時也突然動了動牠的鼻子。

「啊，我們去這裡吧！他們說會招待免費的沙拉呢。」

散漫女士拍手叫好。

「這是把書拿來做成料理的店嗎？」

不讀書先生歪著頭有些不解。

「怎麼可能，應該只是店名那樣啦。」

「我們該不會要吃書吧？」

不讀書先生想打破砂鍋問到底。

「你也真是的，最近不是有很多圖書咖啡廳嗎？雖然名叫圖書咖啡廳，但也沒有要喝書啊。」

「說的也是。」

看著爸媽你一言我一語的越講越長，不看書發出「碰碰」的腳步聲，跑去把大門打開。

「我們快走吧，快點！」

不知不覺間，不看書已經背上了她的小包包而不是書包，汪汪先生也戴上了太陽眼鏡而不是老花眼鏡。

在可愛的女兒變成怪獸之前，不讀書先生和散漫女士趕緊準備出門。不讀書先生繫上了一個蝴蝶結而不是長長的領帶，散漫女士則是戴上一頂縫了一串花的帽子而不是髮箍。

08

奇怪的滋味

不讀書一家在盡情打扮一番之後坐上車。

「小書，妳唸一下地址。」

不讀書先生才一說完，不看書立刻回答：「圖書市圖書村路99號。」

不讀書先生在導航中輸入地址，但不知為何就是找不到任何資訊；試著輸入「美味的書食餐廳」，也還是沒有搜尋結果。

他「答答」的敲著導航機。

「我之前曾經和朋友一起去過『圖書市』，應該知道大概位置，所以我們直接出發吧。」

散漫女士催促著。

「如果是查不到的餐廳，該不會是什麼奇怪的地方吧？」

不讀書先生的個性謹慎，所以疑心也非常重。

「應該是隱藏版的美食餐廳吧。原本真正的美食餐廳就是會藏身在巷弄之中啊！我們快出發吧。」

不看書和汪汪先生也附和著散漫女士的話。

「出發！」

「汪汪！」

不讀書先生終於將車開到大街上。

「老婆，要往哪個方向？」

不讀書先生在岔路前問道。

「往左邊。不對，往右邊。」

散漫女士回答。

不讀書先生緊急將方向盤轉向，開往右邊的那條路，結果眼前出現了一片工地。

「啊，是左邊才對！」

散漫女士大叫。不讀書先生則是流了滿身大汗。

在開車途中，不讀書先生必須得左彎右拐好幾十次，走過的路再走一遍，經過的路又再經過。雖然最後終於來到了「圖書市」，但要找到接下來的地址「圖書村路99號」也是個問題。

「這裡巷子太多，很容易搞混。」

散漫女士忙著代替導航機導航，整張臉看起來都變憔悴了。

「我們先下車看看吧。」

不讀書先生將車子停在空地。

「這裡有張簡易地圖，應該很快就能找到。」

散漫女士安慰著不讀書先生。

一會兒後，不讀書一家下了車。

「繞過轉角處往左邊走，然後再往右邊走……」

不讀書先生推了推金框眼鏡，仔細的看著地圖，接著突然大叫一聲，連聽力和視力一樣模糊的汪汪先生都被嚇了一跳。

「在那裡！」

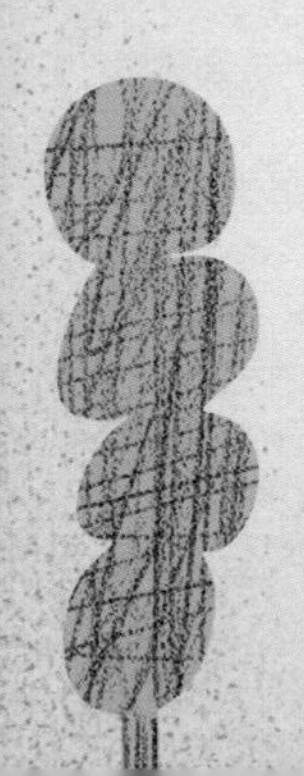

在不讀書先生所指的那個地方，有一塊「書食餐廳由此去」的標示牌。

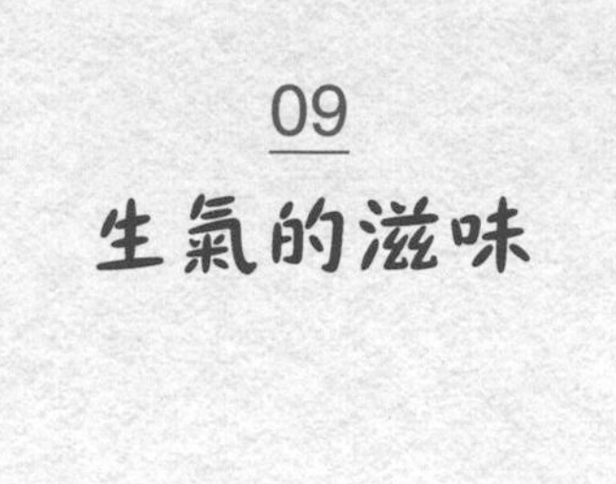

09

生氣的滋味

不讀書一家沿著標示走進巷子。巷子裡有階梯，不過仔細一看，這些階梯都是紙做的。是用紙層層疊起的書，不，是階梯才對。

他們來對了地方。

走上階梯，出現了一間裝飾得金碧輝煌的餐廳。它就和那些階梯一樣，是用紙層層堆疊而蓋成的房子。房子上貼著金箔，因此閃亮得讓人感到有些刺眼。不讀書一家大步的走進去。

餐廳裡大約擺了一百張餐桌，空間超級寬敞。正當他們找到位子準備入座時，老闆突然出現，制止了他們。

「狗不能進來我們餐廳。」

「我們是一家人。」

散漫女士挺著肚子說。

「狗不衛生。」

老闆強調著。

「什麼是不衛生啊？」

不看書插了一句。

「就是很髒亂的意思。」

老闆像是說了什麼厲害的事情一樣，滿臉得意的樣子。

「我們家汪汪先生最乾淨了！」

不看書大喊。

「如果狗不聽話鬧事，會打擾到其他客人。」

老闆不滿的看了一眼汪汪先生。

「我們家汪汪先生最乖了！」

不看書又再次大喊。

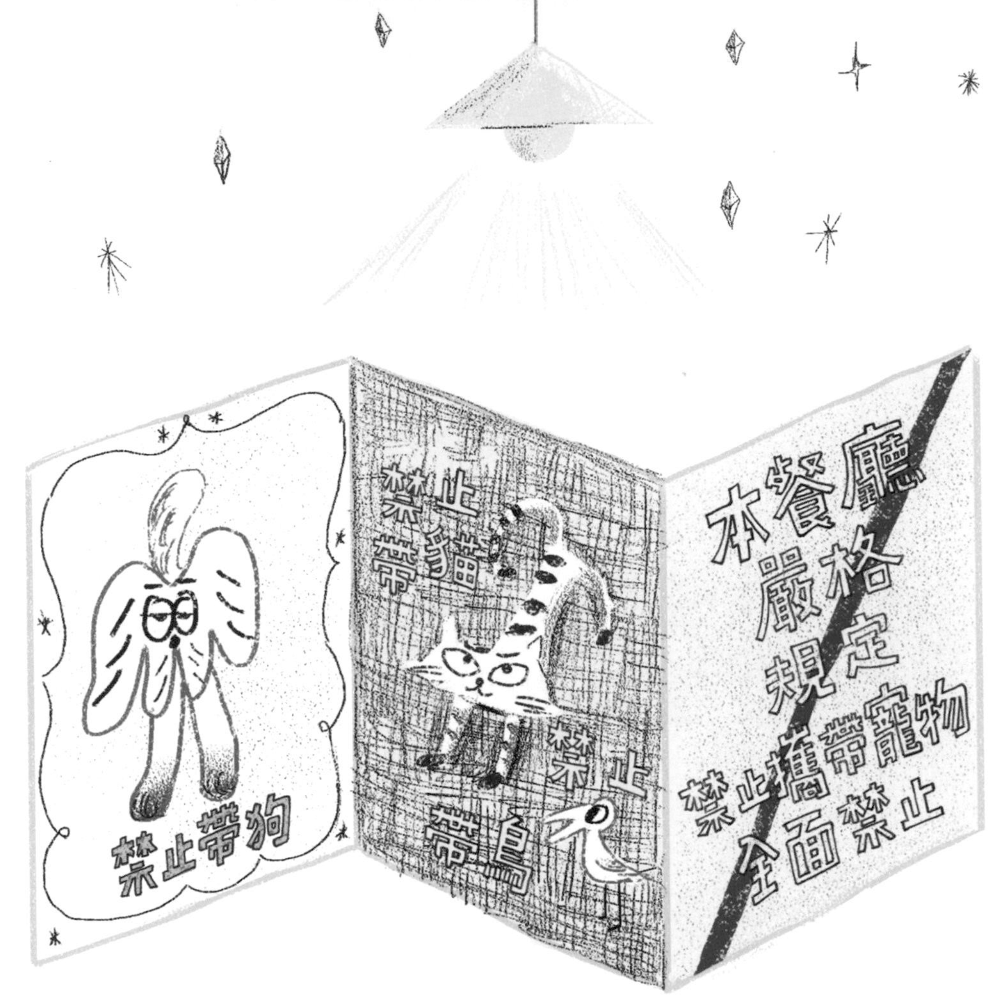

「未來我們也打算不讓小孩進入了，小傢伙。」老闆皺了皺眉頭。

「您擔心的事情不會發生。」不讀書先生沉穩的說。

「總之我們店裡沒有可以給狗吃的東西。」

老闆打開門，比著門外要他們離開。

汪汪先生第一個走出去，其他人緊跟在後。等到他們出來一看，才發現厚厚的紙招牌上寫著「高尚的書食餐廳」。

「我看他們應該要把招牌改成『高傲的書食餐廳』才對。」

全家點頭贊成不讀書先生的話。

「爸爸，這裡不是我們要去的那間書食餐廳。」

不看書說完後，不讀書先生又更仔細的看了地圖。

10
混亂的滋味

不讀書一家沿著巷子走了好久，路上只見密密麻麻的樹木，連一隻螞蟻都看不到。不知走了多久，眼前出現一間破舊的房子。不讀書先生指著招牌上的「餐廳」說：「一定就是這裡沒錯了。」

這是間貼著一層灰暗紙張的房子，就像是沒有主人的空房子一樣，到處都破破爛爛的，甚至還發

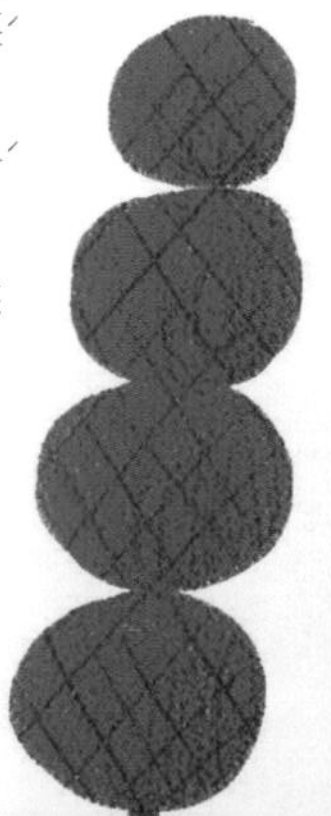

餐廳

出了難聞的臭味。但不讀書先生、散漫女士、不看書和汪汪先生已經累壞了，他們全都餓得不得了，所以想都不想的就走進餐廳。幸好那裡貼著一張他們希望看見的告示。

不讀書一家找了一個位子坐下，老闆立刻送上菜單。

「請問要來點什麼？哈啾，唉唷……」

老闆止住噴嚏，急急忙忙的跑走了。

散漫女士從菜單的第一頁翻到最後一頁，又從最後一頁翻回第一頁，接著再從第一頁翻過去。

「菜單上都沒附上餐點照片，還真是難選。」

散漫女士將菜單交給先生。

「讓我來仔細的看一下吧。」

不讀書先生接過菜單並將它翻開，但他也立刻停下動作，接著將金框眼鏡拿下，揉了揉眼睛。就算不讀書先生再怎麼不看書，也是看過好幾次菜單，但他現在已經搞不懂要點的到底是餐點還是書了。

「該不會真的要我們吃書吧？」

不讀書先生用有如蚊子般細小的聲音問散漫女士。

「應該是把菜名取得像書名一樣吧。不過再怎麼說，哪有人會喜歡這些書啊？」

散漫女士搖搖頭。

「快點點餐吧，快點！」

不看書跺腳鬧著脾氣。

「好啦，讓爸爸找找看有什麼好吃的。」

不讀書先生安撫她說。

不知該說是幸還是不幸，汪汪先生對菜單可是一點興趣都沒有。

「早知道就去吃中華料理了。」

散漫女士抓抓脖子，喃喃的說。

但不讀書先生和散漫女士想的可不一樣。他被「厚重的書」和「困難的書」給吸引住，因為每次上班的路上，他都要帶著又厚又難的書，認為那樣的自己看起來非常帥氣。

11
可怕的滋味

不讀書先生決定像往常一樣帥氣的點菜。

「那我看著辦。」

他按下服務鈴，老闆出現了。

「我要先點一份厚重的書和一份困難的書，如果吃不夠再追加。」

「那就這樣吧。」

老闆一轉身又消失在某處。過沒多久，他拿著托盤出現。餓壞的不讀書一家大吃一驚。

「怎麼會這麼快！」

「倉庫裡滿滿都是書，沒道理要花太久時間吧？」

老闆只留下這句話就走了。

他們傻傻盯著老闆從倉庫拿出來的「厚重的書」和「困難的書」。這些老舊的書上堆滿了厚厚的灰塵。

「這到底是書還是料理？」

散漫女士不解的問。

「哇，這和書長的一模一樣耶。」

不看書驚奇的說。

不讀書先生也是滿頭霧水，因為他根本就沒想到老闆會端出來外觀和書一模一樣的料理。汪汪先生吃驚的眨眨牠的大眼。

不讀書一家完全沒動那些書食料理，因為他們不知道這到底是真的可以吃，還是不能吃。

不讀書先生決定要問老闆。他一按下服務鈴，老闆就挖著鼻孔走了過來。

「這些料理都是可以吃的對吧？」

不讀書先生問他。

「如果你看得懂字，那當然可以吃。」

老闆用一副「你在說什麼廢話」的態度回答。

不讀書先生拿汪汪先生當作藉口，接著又說：

「啊，不過我們家汪汪看不懂字。」

「什麼？這位太太看不懂字嗎？」

老闆用剛才挖鼻孔的那隻手指頭又摳了摳耳朵。

「我才不是汪汪。」

散漫女士搖搖手，指向真正的汪汪先生。牠靜靜的看著老闆。

「如果看不懂字，根本就不該妄想要吃書啊。」

老闆「哼」了一聲就走了。

不讀書先生只好決定先試吃看看那本厚重的書。不過那本書真的很重，重到他用雙手都拿不起來。

「這種硬得像石頭的東西，到底要人家怎麼吃啊？」

平常不太會生氣的不讀書先生勃然大怒。

「哈啾。」

「哈啾。」

散漫女士和不看書開始不斷打噴嚏，因為灰塵讓她們的鼻子發癢。

看不懂字的汪汪先生就像老闆說的那樣，一點也不想吃那些書。

下一秒，全家人都嚇了一大跳，似乎有什麼東西從書裡緩緩爬了出來。不讀書先生推了推金框眼鏡，仔細看了一下，接著瞪大雙眼。

「是蟑螂！」

他大叫，全家人都跳了起來。

「蟑螂跑出來了！」

散漫女士一邊亂按著服務鈴，一邊放聲大叫。但老闆一臉不耐煩的樣子，慢吞吞的走了過來，接著徒手抓起蟑螂，像彈鼻屎一樣的將牠彈開。

「行了吧？」

不讀書一家嚇得嘴都合不起來。

「這要怎麼吃？」

不看書渾身發抖。

「怎麼可以偏食呢？要什麼都吃才是乖小孩啊。」

老闆反而大聲嚷嚷著。

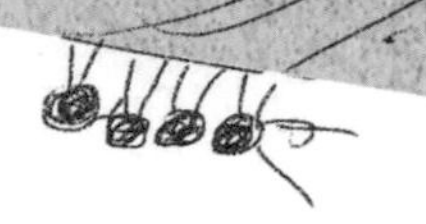

最後不讀書一家奪門而出。

「啊，我忘了免費招待的沙拉！」

散漫女士看著手中的《美味的書食餐廳》說。

「唉唷，爬滿蟲子的沙拉，就算免費送我，我也不要！」

不讀書先生原本想罵人，但硬是忍了下來。

這時不看書指著招牌說：「這裡也不是美味的書食餐廳嘛。」

仔細一看，才發現招牌上寫的不是「美味的書食餐廳」，而是「不美味的書食餐廳」。

「難怪裡面都沒半個客人。」不讀書先生說。

「我再也不想來這種亂七八糟的餐廳了。」散漫女士氣呼呼的說。

哈啾
嗚嗚嗚嗚
汪
汪
汪

「我們還是快找找看『美味的書食餐廳』在哪裡吧。」

不讀書先生拿起地圖，匆忙的走進另一條巷子，一旁的汪汪先生「汪汪」叫著替他加油。

12
驚人的滋味

當他們走到巷子盡頭時，眼前出現了一間裝潢得有如玩具般可愛的房子，招牌上寫著「美味的書食餐廳」。

「找到了！」

不看書大叫。

就連門外都能聞到陣陣美味的香氣。用紙做的大門上貼著「歡迎所有人光臨」的告示。

美味的
書
食餐廳

「我們快點進去，快點！」

不看書第一個推門進入，其他人緊跟在後。

餐廳裡高朋滿座，裡面不僅有人，還有狗跟貓。當不讀書一家人忙著四處張望時，頭髮花白的老闆走了過來。

「歡迎光臨，歡迎各位來到美味的書食餐廳。」

他豎直耳朵、鬍子伸向兩旁的樣子看起來就和貓一模一樣。從某個角度來看，他就像是一隻上了年紀的黑貓；從另一個角度來看，他又像是一位穿上黑色西裝的老爺爺。

貓咪爺爺帶領不讀書一家走到正中間的桌子。

「各位運氣真好，本店正好剩下一張空桌呢。」

不讀書一家圍著空桌坐下。

「各位好像是首次來我們餐廳？」貓咪爺爺邊倒水邊問。

「我們是從這本書知道這裡的。」

不看書驕傲的拿出《美味的書食餐廳》這本童書。

「喔，原來是這樣啊！」

貓咪爺爺聳了聳肩。

「我們班上有很多人都看過這本書。」

「只要是愛看書的小孩，應該都會知道《美味的書食餐廳》。來，各位可以先仔細看過菜單後再點餐。」

貓咪爺爺遞給他們菜單後就離開了。他走路的樣子看起來就像是一隻搖著尾巴、扭著屁股跳舞的黑貓。

不讀書一家頭靠著頭、擠在一起，開始翻閱菜單。這裡從輕食到套餐，各式各樣的料理都有。

「這裡的菜單上也全都是書啊。」

散漫女士嘀咕著。

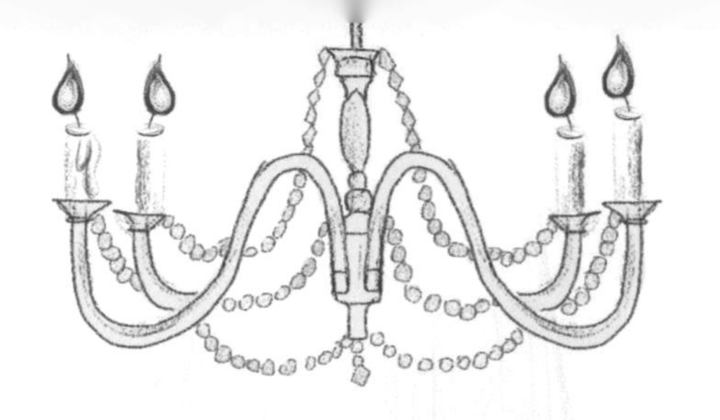

MENU

以發酵紙層層疊起的書　360 元

附有七彩圖片的書　300 元

爐烤寫真書　330 元

句句塗蜂蜜的書　315 元

淋滿數字醬汁的書　255 元

酥炸文字書　285 元

拌上單字苗的書　255 元

「不管如何，總是比剛才那家亂七八糟的店好。」

不讀書先生悄悄說道。

「爸爸媽媽，你們看看其他人。」

不看書小聲的說，不讀書先生和散漫女士看了看身旁的其他客人。

旁邊那桌客人看起來像是一家人，媽媽像在吃牛排一樣，用刀切著書吃；爸爸像是在吃法國麵包，將整本書拿起來啃；而孩子就像在吃冰淇淋似的舔著書。

後面那桌客人則是一對情侶，他們也是帶著一臉幸福的表情吃著書。男人拿著湯匙大口大口的挖著大書吃，女人則是將切成小塊的書頁沾醬後，放入口中細細品嘗。

不讀書一家揉了揉眼睛，重新觀察其他客人。

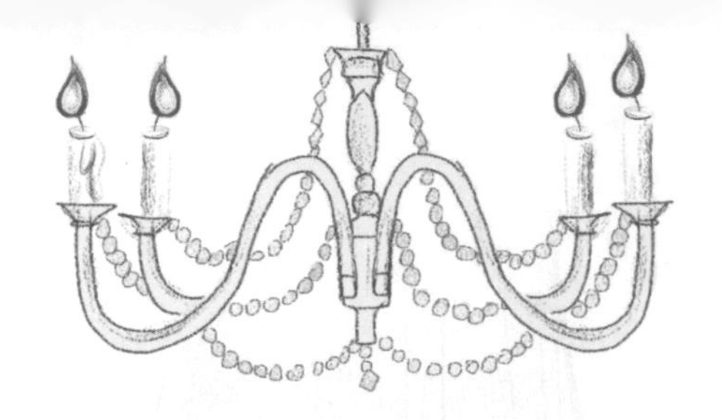

13

健康的滋味

「請問要為各位準備什麼樣的書？」貓咪爺爺靠過來問。

「咳，咳，除了書之外，應該沒有其他料理吧？」

不讀書先生乾咳了一下反問。

「既然您都來到了書食餐廳，當然要好好享受一下書本的滋味呀。當然每間餐廳的滋味和品質會有所不同，但書食餐廳裡賣的所有書都是可食用書。本店使用了有機食用墨水在

書食 材料

用米做的紙

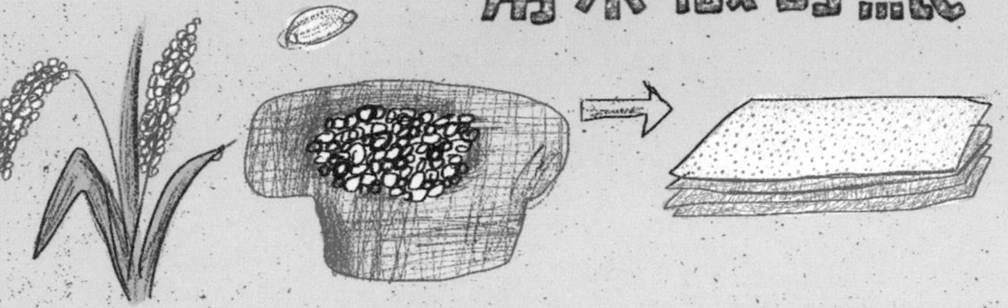

玉米鬚

米紙上印刷文字和圖片，並用玉米鬚來綑綁紙張。這些料理都非常健康，各位可以安心食用。」

聽完貓咪爺爺說的話，不讀書一家才稍微放心。

「哪一道菜是最多人點的？」

散漫女士探頭看了一下其他桌。

「嗯，因為各位是第一次來，各選不同的菜來品嘗一下如何？」

「就這樣吧。對了，書食沙拉是免費招待吧？」散漫女士笑著問。

「當然。」

貓咪爺爺開心的笑著說。

「不過汪汪先生看不懂字耶。」

不看書插進來說。

「本店的書就算是看不懂字也可以吃喔。」

貓咪爺爺輕輕拍了拍汪汪先生的背，汪汪先生也回舔了他的手背。

不讀書一家終於指著菜單上的文字，開始點餐。

「我要一份『淋滿數字醬汁的書』。」散漫女士說。

「我要點『附有七彩圖片的書』。」不看書說。

「汪汪。」

汪汪先生用前腳指著「爐烤寫真書」。

「再加上一份『酥炸文字書』，

請給我們這四道菜。」不讀書先生說。

「沒問題，現在就馬上為您準備。本餐廳的料理都是精心製作，所以會需要一點時間，請各位諒解。」

「好，幸好我們今天時間很多。」

不讀書先生雖然很餓，但還是一副悠哉的回答，點餐就這麼順利的完成了。

不讀書先生為了要帥，攤開了報紙來看，然後躲在後面偷偷觀察著餐廳。這間餐廳雖然小，但客人卻很多。牆面擺滿一整排書櫃，裡面塞了滿滿的書。

正好散漫女士這時也在餐廳裡四處張望。

「天啊，這裡的書比我們家還多耶。」

她走近書櫃，拿出好幾本書，沒

想到一不小心就把手上的書摔落地面。散漫女士慌張得不知該如何是好，貓咪爺爺趕緊跑了過來。

「沒關係，這些書都是模型，所以不會破掉或是變皺。」

「啊，我曾在中華料理店看過。我還以為那些什錦海鮮麵模型是真的，結果被騙了，呵呵。」

散漫女士不好意思的笑了。

14
夢想的滋味

「爸爸，我去一下廁所。」

不看書對不讀書先生說。

「妳會自己去嗎？」

不讀書先生問。

「那當然！」

不看書沿著標示到了廁所，不過她在上完廁所出來之後，搞不清楚到底是該往左還是往右走。在煩惱一下之後，她決定還是不往左，而是走向右邊的那條路。但出現的不是剛才的座位，而是一扇大門。不看書從微開的門縫中探頭看了一下。

在這個被書本四面包圍的房間裡，有一群戴著白帽的廚師正忙碌著。

「今天送來的這個故事不新鮮，得叫他們重送才行。」

「會讓人笑破肚皮的有趣故事什麼時候送來？」

「還需要再多一點溫馨故事。」

廚師們你一言我一語的說著。

這時，貓咪爺爺來拿做好的料理。

「啊，原來妳在這裡呀！這裡是廚師們烹煮書食料理的廚房。」

「我還是第一次看到烹煮書的過程。不過真沒想到這裡會有那麼多廚師。」

不看書似乎覺得非常神奇。

「雖然所有事情的道理應該都一樣，但在烹調一本書時，真的需要很多人同心協力，才有辦法做出一本美味的書。」

「什麼樣的書才算是美味的書？」不看書問。

「嗯，首先材料必須要好才可以。如果有像綠油油的新鮮故事，或是帶著濃郁香氣的故事這種好材料，再加上廚師的精心烹調，應該就能產生出美味的書吧？」

聽完貓咪爺爺的話，不看書靜靜的看著廚師們。

戴眼鏡的廚師將臉埋在厚厚的紙堆中尋找錯字，留著小鬍子的廚師則是用光線照了照圖片並仔細檢查。捲頭髮的廚師坐在大大的電腦前，將文字、圖片、照片、數字混合成協調的模樣。

不看書突然對貓咪爺爺說：

「哇！好酷喔。我以後也能當上書食廚師嗎？」

「當然！那妳以後要多吃一些好吃的書喔，畢竟得先了解味道才做得出來嘛！」

「好啊，沒問題！」

聽到不讀書活力充沛的回答，貓咪爺爺呵呵笑了起來。

在廚房的一角，有幾臺巨大的機器正在運轉。

「那些是什麼？」不看書發問。

貓咪爺爺回答：「當材料都處理完之後，就要經過烤、炸或蒸的程序來煮熟，也需要經過像將食材串在竹籤上那樣的步驟，將紙一張一張的綁成一疊。」

這時，從機器裡跑出一本冒著白煙、熱騰騰的書。

「來，書食料理完成了，趕快回到座位上，準備開動吧。」

15
初次品嘗的滋味

料理終於一道道的送上來。每個白色的盤子上都放著一本書。

不讀書一家這次也猶豫著不知道該怎麼吃眼前的書才好。

「你們想怎麼吃都行，如果能先用一點新鮮的書食沙拉開胃就更棒了。」

貓咪爺爺笑瞇瞇的說。這時他看見其他桌的客人正舉手叫他，便輕快的走了過去。

不讀書一家開始吃起書來，他們先各吃一口新鮮的書食沙拉，清脆爽口的滋味讓人食慾大開。

不讀書先生用叉子叉著「酥炸文字書」，小口小口的吃著；散漫女士把「淋滿數字醬汁的書」捲在筷子上，呼嚕呼嚕的大口吃著；不看書則是用手拿著「附有七彩圖片的書」，從封底開始吃起；汪汪先生則是將「爐烤寫真書」放在地上滾一滾後舔著吃。

可以不用在乎其他人的眼光，隨心所欲吃著書，真的非常輕鬆。因為只要先選好符合自己口味的書，不管是從前面或後面開始，能津津有味的享用就行了。

不知不覺，一家人已經吃掉半本書了。雖然一部分是因為肚子餓，但他們也沉醉在第一次吃書的味道中，忙到沒時間轉開目光。

接下來，散漫女士嘗了嘗不看書吃過的書，汪汪先生嘗了嘗散漫女士吃過的書，不讀書先生嘗了嘗汪汪先生吃過的書，而不看書也嘗了嘗不讀書先生吃過的書。

貓咪爺爺出現在他們身旁。

「味道還合你們的胃口嗎？」

貓咪爺爺很喜歡和客人聊天。

「這會在口中慢慢化開耶。怎麼會這麼香甜呢？」

散漫女士感覺像是在雲端上吃著棉花糖一樣。

真有趣
8
×
4
10000
5
1.3 ÷
19
有點酸
拉

好好吃
真香甜
濃醇香

貓咪爺爺指了指放在不看書面前的料理。

「這道『附有七彩圖片的書』是我們店裡最受歡迎的菜色，不管小孩或是大人全都很喜歡。」

「這是怎麼做出來的？」

不看書眼睛發亮的問道。

「這道料理是將充滿想像力的故事和機智故事完美融合在一起之後，再將七彩圖片揉成球形，夾到這些故事之間。」

貓咪爺爺比手畫腳，興致勃勃的說明著。

「等我未來當上書食廚師之後也要做做看！」

不看書抬頭挺胸的說。

「好呀！別忘了讓我也嘗嘗看味道。」

貓咪爺爺看著不看書，眨了眨一邊的眼睛。

一旁的不讀書先生摸了摸不看書的頭，開口說：「我們家女兒真是太優秀了，爸爸也想要每天都能吃到美味的書。」

「啊，其實隨時隨地都可以吃到喔。吃書和看書其實沒有兩樣，就像吃到美味的書會很開心，只要讀到新鮮有趣的書，也會自然的露出笑容喔。」

聽完貓咪爺爺說的話，散漫女士也跟著附和：「只要是美味的書，不管有多少我們都吃……不，是看得下去。」

汪汪先生也補充說：「汪汪。」

當他們離開「美味的書食餐廳」時，天色已經暗了。不讀書一家從巷子出來，走向停車的空地。

不讀書先生在導航機中選了「我的家」之後，導航就開始親切的帶路。

16
令人微笑的滋味

一大早，不讀書先生帶著四四方方的公事包搭上捷運。今天捷運裡依舊擠滿了上班的人潮，他好不容易在要下車的門邊找到一個空位，接著從四四方方的包包裡拿出一本四四方方的書，是一本又薄又簡單的書。

不讀書先生在看這本書時不停的笑著，有好幾個人轉頭看他，心想：

「在這種地方都還在看書，看來是真的很愛書吧！」

哈哈哈哈哈哈
呵呵呵

有些人滑手機滑到一半，用餘光偷偷瞄了一下不讀書先生在看的書，然後不知不覺的跟著呵呵笑了起來。

散漫女士決定邀請朋友到家裡做客，因為她想要招待客人品嘗美味的料理，就像在「美味的書食餐廳」裡吃到的一樣。目前為止，她已經看完三本食譜。每次看書時，她都會從上面得到很多新知，今晚也打算要替家人準備一頓豐盛的晚餐呢。

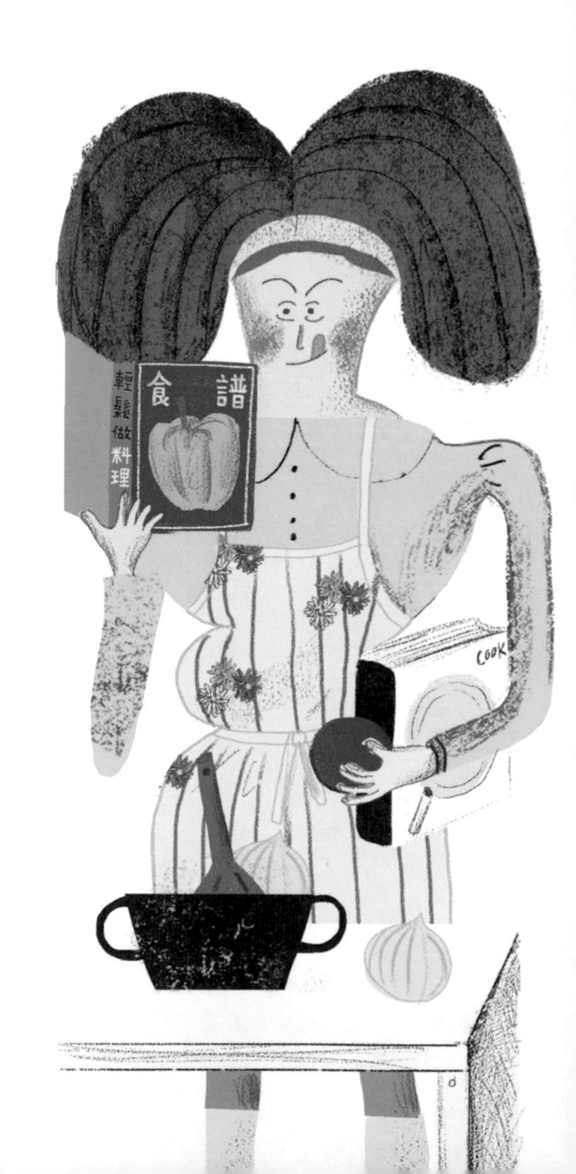

某天下午，不看書翻開了《美味的書食餐廳》，然後像在書食餐廳中吃書那般，撕下封面的一小角放到嘴裡。她先用門牙咬了幾下，只吃到紙的味道；接著換到臼齒反覆咀嚼了一下，果然除了紙味之外，沒有其他味道。

不看書吐出嚼爛的紙，開始看起書來。她每翻過一頁，便更加沉迷於書本的滋味。她就這麼坐在位子上，轉眼間將一本書看完了。甚至在翻開最後一頁時，還因為覺得可惜而嘖了一聲。

接著她像是突然想到什麼一樣，把書推開，拿出了筆記本。她在筆記本封面寫上這個標題：

不看書的美味書籍讀後感

然後在筆記本第一頁寫上「美味的書食餐廳」，並且在下一行用力寫下：

故事非常有嚼勁，圖片帶著一點甜味和辣味。
仔細咀嚼文字之後就更加美味了，讓我想起媽媽在我生日時煮的辣炒年糕。
就算要我每天吃這些美味的書應該也完全不會膩。

正當不看書一筆一畫寫下文章的同時，汪汪先生又叼著他重新找回的飼料碗，不，是童書《美味的書食餐廳》來到角落。每當牠舔一次封底，「美味的書食餐廳」的地圖就又消失了一點。

國家圖書館出版品預行編目資料

不讀書一家與書食餐廳／金遊(김유)文;俞庚和(유경화)圖;賴毓棻譯.——初版一刷.——臺北市：三民，2020
面；　公分.——（小書芽）
譯自：안읽어 씨 가족과 책 요리점
ISBN 978-957-14-6939-3（平裝）

862.596　　109013911

小書芽

不讀書一家與書食餐廳

文　　字　金遊
繪　　圖　俞庚和
譯　　者　賴毓棻
責任編輯　陳奕安
美術編輯　陳奕臻

發 行 人　劉振強
出 版 者　三民書局股份有限公司
地　　址　臺北市復興北路 386 號 (復北門市)
　　　　　臺北市重慶南路一段 61 號 (重南門市)
電　　話　(02)25006600
網　　址　三民網路書店 https://www.sanmin.com.tw

出版日期　初版一刷 2020 年 10 月
書籍編號　S859360
I S B N　978-957-14-6939-3

안읽어 씨 가족과 책 요리점
We-Don't-Read-Books Family and the Tasty Book Restaurant

Originally published in Korea by Munhakdongne Publishing Corp. (문학동네)

Published by arrangement with Munhakdongne Publishing Corp. through Arui Shin Agency & LEE's Literary Agency

三民書局